樂讀456 —— 113

穿越驚奇圖書館 1

被封印的格林兄弟

文 廣嶋玲子　圖 江口夏實

譯 王蘊潔

目錄

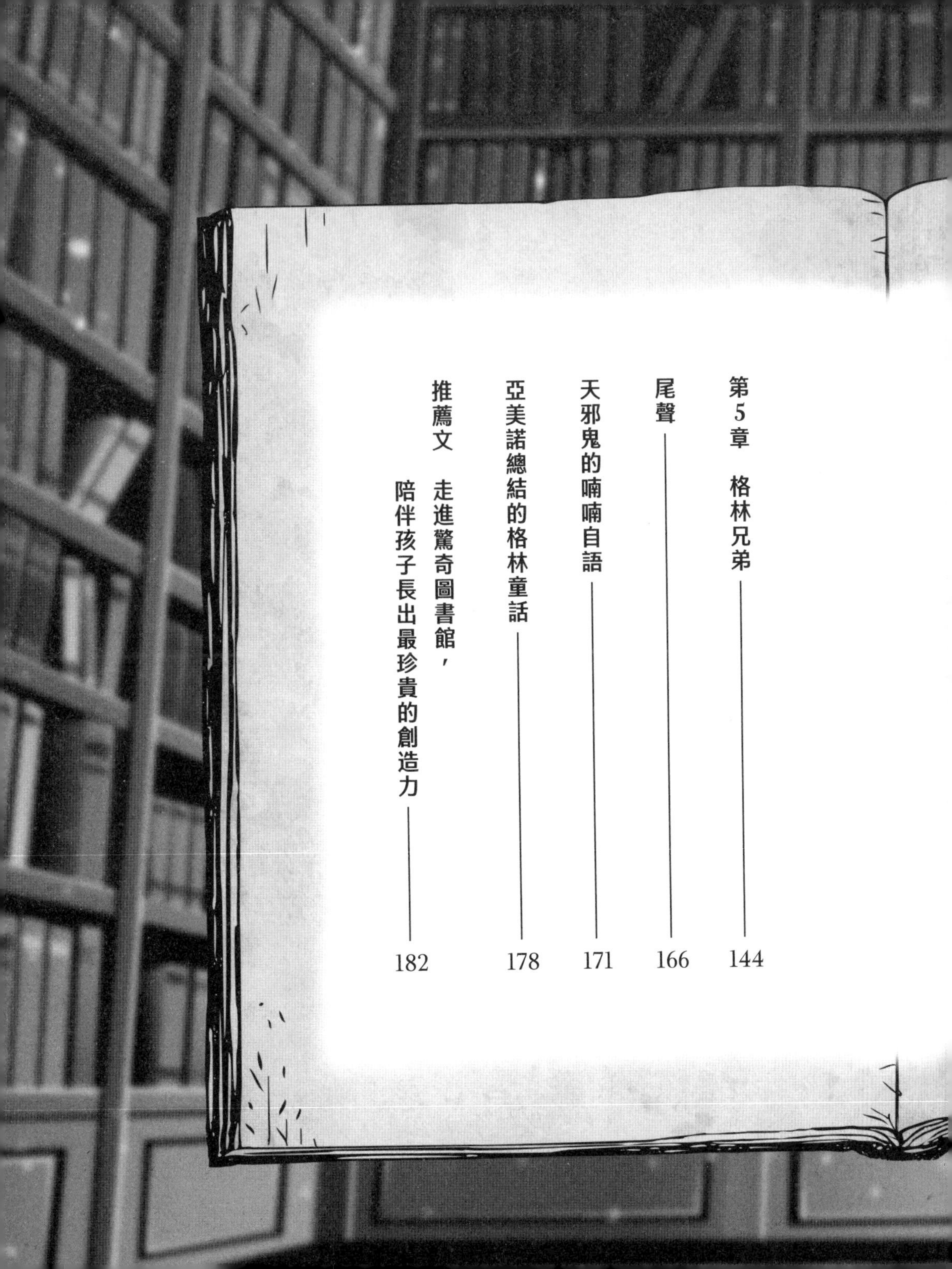

序章

書是什麼？

一疊寫了密密麻麻文字的紙？

有些地方有插畫或是照片的東西？

舊了之後，會發出奇怪味道的物品？

不不不，這些回答都不對。

書是百寶箱。每一本書中都有寶石般的故事。

有寶物的地方，就有人想動歪腦筋。

那天晚上，魔王格啦E夢拿起了一本書。

「呵呵呵，歷史悠久的故事，舉世聞名的故事，熟得剛剛好！味道太可口、太棒了，今天晚上就來享用格林大餐吧。」

魔王發出可怕的笑聲，伸出又尖又長的手指翻開書本。

第1章
無聊的故事和世界圖書館
story 1

這一天，宗介為了完成學校的作業，難得去了一趟圖書館，想借一本植物圖鑑。

他在圖鑑區找書時，吃驚得倒吸一口氣，因為他發現有一本小巧的書夾在大開本的圖鑑之間。

書背上寫了「格林童話集」這幾個字。照理說，這本書應該放在故事區的書架上，難道是有人不小心放錯地方了嗎？

不知道為什麼，宗介一看到那本書，目光就再也移不開了。當他回過神時，才發現自己已經情不自禁的把書從書架上拿了下來。

「我就知道！我以前也有這本書！哇，好懷念啊！」

宗介升上小學四年級後，開始覺得讀書很麻煩，但他以前非常喜歡讀繪本和故事書，也經常閱讀《格林童話》。

「但是，那本書已經送給表弟了……早知道應該把那本書留下來才對。」

宗介小聲嘀咕著，忍不住翻開手中的故事書。那本書的第一個故事是〈糖果屋〉，是他小時候最愛的故事。

「沒錯沒錯，我當時超想去親眼見識故事中出現的糖果屋。」

宗介興奮的翻了一頁又一頁，但是漸漸發現一件奇怪的事。

根據宗介的記憶，〈糖果屋〉中的漢賽爾與葛麗特是一對相親相愛的兄妹，他們齊心協力，最後終於得到了幸福……但是這本書的故事卻很不一樣。

漢賽爾和葛麗特在森林中迷了路，他們不僅痛罵對方，葛麗特還很生氣漢賽爾竟然自己一個人把麵包全都吃光了。

不一會兒，他們來到糖果屋，結果被住在屋裡的女巫抓住了。葛麗特為了讓自己活命，竟然把哥哥推給女巫當成祭品。最後，漢賽爾被女巫吃掉，葛麗特則成為女巫的徒弟。

這樣的結局太不對勁了！宗介忍不住皺起眉頭。

「這是怎麼回事？這個故事這麼無聊嗎？」

宗介悶悶不樂，有一種被欺騙的感覺。他闔上書本，打算把書放回書架。但是，他臨時改變了主意。

這裡是圖鑑區，故事書不應該放在這裡。雖然有點麻煩，但宗介還是決定把這本書放回故事書區。

「雖然這本書一點都不好看，但可能還是會有人想看，如果放在圖鑑區，別人就會找不到，那麼這本書未免太可憐了。」

宗介拿著書，準備把它放回故事書區的架上時，身旁突然傳來一道聲音。

「就是你了！」

他聽到有人大聲說話，接著便整個人被白色光芒包圍。因為白光太過刺眼，宗介還以為有什麼東西爆炸了，嚇得尖叫起來。

幸好那陣白光只有在一開始很刺眼，很快就恢復了正常，周圍也安靜了下來。

宗介戰戰兢兢的抬起頭，忍不住目瞪口呆，他發現自己不知道在什麼時候，進入了一棟陌生的房子。

宗介的腦海立刻浮現了「宮殿大廳」這幾個字。因為這裡的空間超大，天花板超高，而且看起來富麗堂皇。

宗介腳下踩著雪白的大理石地板，天花板用藍色和白色瓷磚拼

成了美麗的蔓草圖案。

所有牆面都是書架，書架上有不計其數的書，就連支撐著天花板的支柱，也都是用書架做成，上面排滿了五顏六色的書籍，剛才宗介所在的圖書館，和這裡根本無法相提並論。

宗介看得目瞪口呆時，突然有個聲音對他說話。

「歡迎來到世界圖書館。」

他回頭一看，發現眼前站著一個年輕男人。那個男人是外國人，有著藍眼睛、高鼻子，身上穿著奇怪的服裝，但應該是那個男人國家的傳統服飾。

宗介大驚失色，張著嘴說不出話來，不過男人卻用流利的中文開口對他說：

「嗨，不好意思，嚇到你了。我們先自我介紹吧，請問你叫什麼名字？」

「我、我叫渚橋宗介……」

「我叫威廉．格林，是世界圖書館的圖書管理員之一，也是格林世界的故事守護者，請多指教。」

即使男人做了自我介紹，宗介仍然聽不懂他在說什麼。世界圖書館？故事守護者？那是什麼啊？

「世界圖書館顧名思義，就是蒐集世界各地故事的圖書館，從簡短的童話到雄偉的傳說，這裡應有盡有。身為『故事守護者』的圖書管理員，要分別管理各自負責的書架，因為我是格林，當然就負責管理格林世界。」

「格林……」

「沒錯，你一定認識我，我和哥哥雅各布到處蒐集了很多民間童話，將蒐集來的故事加工整理成童話集，如今這些故事被稱為格林童話，在世界各地廣為流傳。我們因為這些成就獲得了肯定，所以死後被任命為這座世界圖書館的圖書管理員。只有在故事創作和書籍出版方面有偉大成就的人，才能成為這裡的圖書管理員，所以這是很光榮的事。」

威廉挺著胸膛驕傲的說完，接著又愁眉苦臉的低頭看著宗介。

「我突然把你帶來這裡，你一定嚇到了，而且也很不安吧？雖然我很想向你詳細說明情況，但時間緊迫，因為格林世界已經慢慢遭到魔王的破壞了。」

「魔、魔王？」

「沒錯，就是魔王格啦E夢。他胡亂啃食各種書籍，把故事破壞得面目全非，簡直就像蠹魚一樣惹人厭。我們故事守護者已對抗格啦E夢多年，這次魔王鎖定了格林世界，你看那個。」

宗介看向威廉手指的方向，忍不住倒吸了一口氣。

書架的一角像爛掉的番茄一般變成了黑色，放在那個書架上的書本都溶化了，而且黑色的範圍還持續擴散，造成危害的面積越來越大。

「那就是魔王造成的危害。故事中的關鍵字被偷走，使內容被破壞得亂七八糟。」

「關鍵字？」

「就是故事的重要關鍵，也是讓內容變得生動有趣的部分。一旦關鍵字被偷走，再怎麼出色的故事都會顯得枯燥乏味。我相信你也實際感受到這件事了，對嗎？」

宗介聽了男人說的話，想起剛才看完〈糖果屋〉的感受。難道是因為故事的關鍵字被偷走了，所以讀完才會覺得那麼無聊，還有一種很奇怪的感覺嗎？

眼看宗介終於了解了狀況，威廉又急急忙忙補充：

「照理說，我們兄弟倆應該馬上開始修復故事，但是哥哥遭到魔王襲擊……總之，我要趕快去找漢方藥理界的權威桃仙翁來幫忙。所以我不在的這段期間，要請你修復一下故事，就是這本書。」

威廉說完，遞給宗介一本書。

那是一本跟記事本差不多大的書，使用了焦糖色的皮革裝幀封面，上面刻著狼、蘋果和高塔等圖案，感覺是一本很舊的書，而且還附上一枝白色的羽毛筆。

威廉一臉恭敬的說：

「這是格林世界的書，只有故事守護者才能擁有，它具有改變故事世界的力量。如果你知道被偷走了什麼，請寫在這一頁上，就可以找回故事中的關鍵字，完成修復工作。但是，如果答錯三次……你就會陷入故事情境，再也走不出來。」

「什麼？」

「所以你在落筆之前，一定要充分思考再行動，不要隨便亂寫答案。那麼，這裡就交給你了。」

「等、等一下！我不要！我要回家……」

威廉·格林不顧宗介的叫喊，把書塞到他手上就消失不見了。

威廉的動作快得就像是一陣煙，瞬間消失得無影無蹤。

宗介獨自留在陌生的地方，立刻不安起來。

「威廉先生！你、你去了哪裡？」

宗介大聲呼喚，在圖書館內跑來跑去。他想找人幫忙，即使不是威廉也沒有關係，總之，他希望有人可以提供協助。

但是，圖書館裡完全沒有看到其他人，而且宗介一直往前跑，也沒有看到出口。他衝出格林世界的殿堂，在走廊上飛奔，但很快又進入了另一個殿堂。

那裡也堆滿了書籍，絲毫不比格林世界遜色。

他繼續往前跑，不斷往前跑，無論跑到什麼地方都一樣……他覺得自己彷彿闖進了一座沒有盡頭的森林。剛才威廉說這裡蒐集了世界各地的故事，可能真的就是這樣。

當宗介來到第五個殿堂時，他已經跑得上氣不接下氣，忍不住停下了腳步。

「為什麼我會遇到這種事？」

這一定是夢。因為是在做夢，所以要趕快醒來才行。

宗介哭喪著臉，拚命捏著自己的全身各處，但是他除了覺得疼痛以外，周遭完全沒有其他變化。

難道這一切是現實嗎？不不不，不可能有這種事。

絕對不可能有這種事。宗介這麼想著，低頭看著威廉交給他的焦糖色書籍。那本格林世界守護者的書並不厚，但拿在手上感覺沉甸甸的。

宗介突然感到怒不可遏。

魔王的襲擊？關鍵字？威廉說了一大堆莫名其妙的話，最後竟然還要求自己修復故事？而且答錯三次似乎就會陷入危險，開什麼玩笑！誰要做這種事？

宗介很想直接把手上的書丟掉，但是從威廉剛才告訴自己的情況來看，不難猜到這本書很珍貴。要不要先瞄一眼，看看書上寫了什麼呢？

宗介悄悄翻開書頁，第一頁完全空白，上頭沒有任何文字。但是下一刻，書頁上突然浮現了「糖果屋」三個字。

「咦？這是怎麼回事？」

宗介大驚失色，但頁面上出現越來越多文字，好像有一隻無形的手正在書寫故事。

第一段寫了以下這句話：

兩個孩子在茂密的森林中迷了路。

宗介剛看完這句話，就發覺自己正身處於森林內。

第2章
關係惡劣的兄妹
story 2

「咦？咦咦咦咦！」

宗介忍不住發出尖叫，轉頭打量四周。

周圍是一片茂密的森林，充滿濃烈的泥土和草木氣味，鳥啼聲和野獸的吼叫聲此起彼落，樹木也沙沙作響。整個森林很昏暗，感覺很可怕。

和這個地方相比，世界圖書館好太多了。

宗介急忙翻開手上的書，想尋找返回世界圖書館的方法，但是書上寫的都是〈糖果屋〉的故事，後續的頁面則是一片空白，連一個字也沒有。

宗介忍不住抱頭苦思。這時，他突然聽到有人說話的聲音。那是小孩子氣鼓鼓的說話聲，聽起來特別尖銳。

宗介忍不住探出身體，看向聲音傳來的方向。

兩個小孩撥開樹叢出現了。其中一個男孩和宗介的年紀差不多，穿著有破洞的襯衫和短褲，頭戴一頂插著羽毛的帽子。另一個女孩年紀稍微小一點，穿著一件有很多補丁的洋裝。

這兩個孩子的外表都面黃肌瘦，但是眼神充滿殺氣。

「好啦好啦，都是我的錯！反正每次都是我的錯！這樣你就滿意了吧？」

「本來就是你的錯！我們只有一個麵包，你竟然自己吃掉了！我簡直不敢相信！」

「我已經跟你說了，我根本沒有吃麵包！這件事我不是說過好幾次嗎？根本就沒有麵包！」

「你別騙我了！」

女孩聲嘶力竭的大叫，男孩也不甘示弱的吼回去。

「我才沒有騙你！即使麵包被我吃掉了，那又怎麼樣？我比較年長，長得也比你高，所以肚子也更容易餓！」

「我就知道！你每次都用自己比較年長當藉口！既然你說自己比

較年長，不是應該照顧年幼的我嗎？而且現在我們還迷路了，如果回不了家，就是你害的！唉，真希望我沒有哥哥！我巴不得你趕快死翹翹！」

「我也不想要你這樣的妹妹！每次一不高興就希望我死掉，有你這種妹妹簡直倒楣透了！」

這對兄妹用不堪入耳的字眼互罵，這到底是怎麼回事？宗介嚇了一大跳，但他突然想起一件事，低頭看向手上的書。他發現書上寫了以下的內容。

兩個孩子在茂密的森林中迷了路。他們是一對兄妹，名叫漢賽爾和葛麗特，他們的感情很不好，整天都在爭吵。

這一天，他們又為了僅剩的一塊麵包吵了起來。葛麗特很生氣漢賽爾竟然獨自把麵包吃光了，但漢賽爾也很不高興的說：「我已經跟你說了，我根本沒有吃麵包。」

而且因為漢賽爾說：「這條路是回家的捷徑。」結果導致他們在森林裡迷了路，葛麗特更加火冒三丈。

「唉，真希望我沒有哥哥！我巴不得你趕快死翹翹！」葛麗特一次又一次重複這句話。

漢賽爾也不甘示弱的反擊：「我也不想要你這樣的妹妹！」

宗介看到這裡，確信了一件事——眼前這兩個孩子就是漢賽爾和葛麗特，這就是故事裡的世界，而且建構這個故事的關鍵字還被偷走、破壞了。

「現、現在該怎麼辦？」

雖然威廉請他修復故事，但宗介覺得這個故事已經完全走樣，根本無藥可救了。威廉剛才說只要找出被偷走的關鍵字就可以修復，但是他完全想不到有什麼關鍵字被偷走了，而且要是答錯三次，宗介就無法離開故事的世界了。

簡直走投無路了！宗介感到呼吸困難。

漢賽爾和葛麗特完全沒有發現宗介，他們繼續爭吵，走向森林深處。宗介無可奈何，只能悄悄跟在他們身後。他覺得只要偷偷觀察這對兄妹，或許就可以找到答案。

不一會兒，漢賽爾和葛麗特來到了糖果屋。

糖果屋看起來太好吃了！牆上鑲了各種不同形狀的餅乾和糖果，門是用巧克力做的，窗戶是糖果做的，屋頂的麵包上加了很多堅果和葡萄乾。

漢賽爾兄妹此時已經飢腸轆轆，一看到糖果屋，立刻眼睛發亮的跑了過去。

周圍的空氣帶著香香甜甜的味道，宗介聞著香氣也突然餓了起來。小時候嚮往的糖果屋就在眼前，宗介拚命吞著幾乎快滴下來的口水，目不轉睛的注視著糖果屋。

「啊，好想吃，哪怕只吃一口也好。不知道能不能在女

巫出現之前，悄悄過去拿一、兩塊餅乾吃呢？」

正當宗介思考的時候，兩兄妹又吵了起來。這次他們吵架的原因，是漢賽爾搶走了葛麗特拿到的漂亮糖果。

「那是我的！」

「是我先看到的，你可以吃那裡的糖漬蜜餞！」

「你太壞了！滾開啦！」

「別忘了我比你年長！你要聽我的話！」

就在他們互相叫罵時，糖果屋的門突然打開了，一個老婆婆走了出來。她有圓滾滾的身體，臉上露出溫和的表情，看起來很親切。

看到女巫出現，宗介立刻把頭縮進樹叢躲藏。

但是漢賽爾和葛麗特並不知道老婆婆的真實身分，他們在女巫的邀請下，走進了糖果屋。

這些情況和書上寫的完全一樣，宗介連忙繼續翻頁，了解後續的內容。

兩兄妹走進糖果屋後，女巫原形畢露，她把漢賽爾關進籠子，接著輕聲細語的對葛麗特說：

「你看起來很聰明，我覺得你是可造之材。怎麼樣？想不想成為我的徒弟？只要你成為女巫，一輩子都可以享受榮華富貴，快樂逍遙過日子。」

葛麗特聽了女巫的話，立刻點頭說：

「我要當女巫！」

「嘻嘻嘻，你真乖。那你要煮特別好吃的東西給關在籠子裡的哥哥吃，這是你身為女巫徒弟的第一項工作。」

「為什麼要煮給他吃？」

「當然是為了把他養胖吃掉啊……想成為偉大的女巫，就必須把自己的家人當成祭品。你願意把哥哥當成祭品嗎？」

葛麗特嫣然一笑說：

「當然沒問題。哥哥很貪吃，而且整天欺負我，我巴不得他早點死掉。請你趕快吃掉他！」

「呵呵呵，我很滿意你的回答，那我們馬上開始吧。」

於是，葛麗特聽從女巫的指示，動手為漢賽爾做起大餐。漢賽爾完全不了解狀況，哭著說：「我想趕快逃走。」但他還是在籠子裡吃起大餐，而且變得一天比一天胖。

到了最後一天，葛麗特終於向整天欺負她的哥哥報了仇，漢賽爾被做成一個很大的派，被女巫吃掉了。

葛麗特笑看著眼前這一幕，她終於能夠成為獨當一面的女巫了。

全劇終。

宗介看完故事，臉色蒼白的說：「這、這很不妙啊。」

直到目前為止，所有的狀況都符合書上寫的劇情發展，也就是說，如果繼續這樣下去，漢賽爾就會被女巫吃掉，葛麗特則會變成女巫。無論如何自己都要拯救他們，避免落入這樣的結局。

而且，宗介突然想到一件事。

只要修復了故事，自己或許就能回到原來的世界。不對，他一定可以回去。

宗介突然渾身充滿幹勁，他悄悄走近糖果屋，從窗戶向屋內張望。他沒有看到漢賽爾的身影，可能已經被關進籠子裡了。

但是葛麗特還在屋子裡，看起來嚇得魂不附體。女巫用溫柔的聲音問她：「你想不想成為女巫？你看起來很聰明，我覺得你是可造之材。怎麼樣？想不想成為我的徒弟？只要你成為女巫，一輩子都可以享受榮華富貴，快樂逍遙過日子。」

葛麗特聽了，立刻點了點頭說：

「我要當女巫！」

「嘻嘻嘻，你真乖。那你要煮特別好吃的東西給關在籠子裡的哥哥吃，這是你身為女巫徒弟的第一項工作。」

「為什麼要煮給他吃？」

「當然是為了把他養胖吃掉啊……想成為偉大的女巫，就必須把自己的家人當成祭品。你願意把哥哥當成祭品嗎？」

「當然沒問題。」葛麗特雙眼發亮，嫣然一笑說：「哥哥很貪吃，而且整天欺負我，我巴不得他早點死掉。請你趕快吃掉他！」

「呵呵呵，我很滿意你的回答，那我們馬上開始吧。」

宗介在屋外聽到她們的對話，差一點驚叫出聲。

「情節發展和書上寫的一模一樣……我要讓葛麗特趕快清醒。」

宗介繼續觀察屋內的情況，想找機會勸阻葛麗特，卻聽到女巫對她說：

「我現在要出門一趟，你趕快做大餐，讓你哥哥飽餐一頓，廚房所有的東西都可以用。」

「好，我知道了。」

「呵呵呵，那就拜託你了。」

女巫說完，拿著掃帚走出了糖果屋。

宗介認為這是大好機會，一定要說服葛麗特和漢賽爾一起逃離糖果屋，這麼一來，就會迎向完美結局，就可以「修復」故事了。宗介立刻走進糖果屋。女巫不知道什麼時候會回來，他很害怕，很希望趕快營救漢賽爾兄妹，然後逃離這裡。

葛麗特正在廚房裡，一下子把柴火放進爐灶，一下子攪動裝滿湯的大鍋子，接著又開始切火腿，忙得不亦樂乎，看起來完全不想逃走。

「葛、葛麗特，你不可以

繼續留在這裡。」

宗介鼓起勇氣對葛麗特說話。葛麗特聽到聲音抬起頭，驚訝得瞪大了眼睛。

「你、你是誰？你是被邀請來糖果屋的孩子嗎？」

「不是。葛麗特，你聽我說，這裡真的是很危險的地方，你千萬不能把你哥哥送給女巫當祭品，否則結局會變得超可怕。你也千萬不要去當什麼女巫。」

「你怎麼會知道我的名字？而且你為什麼知道這麼多事？你該不會是魔法師吧？」

「這種事根本不重要。你先認真聽我說，漢賽爾在哪裡？你們一定要趁女巫回來之前，一起逃離這裡。」

「我才不要！」葛麗特雙眼炯炯有神，語氣堅定的說。

「我想成為女巫，而且哥哥很壞心，從以前就壞透了，我一直希望他早點死掉。如果女巫真的能吃掉他，我簡直要樂翻天了！」

「這……你不是認真的吧？」

「我當然是認真的。」

葛麗特不悅的皺起了眉頭。

「哥哥總是說自己比我年長，要我聽他的話，對我頤指氣使，簡直把我當成他的奴僕。他還會搶走我的東西，而且每次爸爸、媽媽罵他，他都把錯怪到我頭上，說是我造成的。有這種哥哥，誰受得了啊！」

「……」

「今天哥哥也自己一個人把麵包吃掉了。那是我們僅剩的糧食，他卻一個人獨吞了。雖然他說他沒有吃，但那絕對是騙人的。」

葛麗特氣鼓鼓的抱怨，宗介卻因此靈光乍現。

「等一下，所以麵包沒有了？」

「對啊。」

宗介忍不住興奮起來，消失的關鍵一定就是這個。

被偷走的關鍵字就是「麵包」。因為沒了麵包，葛麗特才會對漢賽爾這麼火大，氣到想要當女巫的徒弟。

如果麵包還在，他們兄妹一定不會再吵架，葛麗特也不可能再想當女巫的徒弟了。

宗介翻開格林世界的小書，拿起了羽毛筆。

威廉剛才交代過，一旦知道關鍵字，就要把它寫在書上。宗介在〈糖果屋〉第一頁空白的地方，大大寫上了「麵包」這兩個字。

「好，結果如何呢？」

那本書的頁面發出了光芒，先前的故事內容消失了，取而代之的是新的文字。宗介緊張的看著新故事。

「兩個孩子在茂密的森林中迷了路……咦？這個情節不是和剛才一樣嗎？」

這到底是怎麼回事？宗介抬起頭，露出一臉錯愕的表情。

葛麗特消失了，廚房也不見了，眼前是一片鬱鬱蒼蒼的森林。

宗介覺得這片森林有點熟悉，然後發現了一件事。

「我知道了！現在回到了故事的開頭，所以……」

宗介在原地等待，不一會兒，漢賽爾和葛麗特就從樹叢遠方走了過來。

「好啦好啦，都是我的錯！反正每次都是我的錯！這樣說你就滿意了吧？」

「本來就是你的錯！我們只有一個麵包，你竟然把它吃掉了，我簡直不敢相信！」

「你凶什麼凶啊？我比較年長，長得也比你高，所以肚子也更容易餓！」

「我就知道你會這樣說！你每次都用自己比較年長作為藉口！既然你說自己比較年長，不是應該照顧年幼的我嗎？我們現在迷路了，如果回不了家，就是你害的！唉，真希望我沒有哥哥，我巴不得你趕快死翹翹！」

「我也不想要你這樣的妹妹！每次一不高興就希望我死掉，有你這種妹妹簡直倒楣透了！」

宗介看到他們吵得不可開交，驚訝得瞪大了眼睛。他們兄妹的關係還是這麼差，這不是和剛才一樣嗎？

宗介急忙翻開書本，閱讀這次重寫的故事。

兩個孩子在茂密的森林中迷了路。他們是一對兄妹，名叫漢賽爾和葛麗特，他們的感情很不好，整天都在吵架。

這一天，漢賽爾吃掉了僅剩的麵包，而且還說：「這條路是回家的捷徑。」結果導致他們在森林裡迷了路，葛麗特更加火冒三丈。

故事的內容幾乎沒有任何改變，漢賽爾和葛麗特的感情仍然很差。宗介產生了不祥的預感，繼續讀完整個故事。

他的預感成真了，故事的結局並沒有改變，漢賽爾依然被吃掉，葛麗特還是成了女巫。

「為、為什麼？我不是已經寫上『麵包』了嗎？」

但是，宗介現在知道了，「麵包」並不是這個故事裡被偷走的關鍵字。

他忍不住把書本丟到一旁，結果卻令他大吃一驚，原本焦糖色的皮革封面好像滲進墨水一般變黑了。看到封面一角變成可怕的顏色，宗介不由得全身發毛。

失敗了，寫錯答案了，如果再答錯兩次就要完蛋了。到時他手上這本書的封面一定會完全變成黑色，再也打不開。

不知道為什麼，宗介清楚的明白這件事。

「怎麼會……怎麼會這樣？」

他嚇得口乾舌燥，心臟就快從嘴巴裡跳出來了。等宗介回過神時，才發現漢賽爾兄妹不見了。

「慘了！」

宗介急忙開始找人。如果自己在這裡迷路，那就太可笑了。當他終於找到糖果屋時，時間已經過了很久。

糖果屋看起來還是很好吃，但是宗介這次並沒有感到肚子餓。

他悄悄向屋內張望，卻沒有看到女巫的身影，只有葛麗特喜孜孜的在廚房下廚。

現在該怎麼辦？宗介陷入思考。如果按照剛才的方法，絕對不可能說服葛麗特，因為她真的很討厭她哥哥。

「但是……太奇怪了，我覺得關鍵字絕對就是麵包。就是因為麵包沒了，他們的關係才會變得這麼惡劣不是嗎？但是現在有了麵包，漢賽爾也會獨吞，結果兄妹倆又會繼續吵架……唉，真是的！關鍵字到底是什麼啊！」

正當宗介抓頭苦思的時候，突然伸出了一隻手，用力抓住他的肩膀。

他轉頭一看，發現那隻手的主人竟然是女巫。

女巫看起來像是一位溫柔的老婆婆，有著圓滾滾的身體和一臉溫和的表情，身上的衣服也散發出糖果的味道。

但是……女巫仔細打量愣在原地的宗介後，露出奸詐的笑容。她突然張開大嘴，露出一整排獠牙。她的獠牙就像是鯊魚的牙齒，不只能咬斷宗介的手指，甚至可以一口咬下他的手臂。

女巫實在太可怕了，宗介害怕得無法發出聲音。同時，他的腦海也突然閃過一個念頭。

以前讀〈糖果屋〉時，宗介曾經對一件事感到很納悶。既然女巫可以造出這麼漂亮的糖果屋，那她為什麼不吃糖果，而是要吃小孩子呢？

但是他現在終於知道了，比起糖果、餅乾這些食物，女巫更愛吃小孩子。從她盯著宗介閃閃發亮的雙眼，和流著口水的嘴巴，就能清楚證明這件事。

「我、我、我一點也不好吃！」

宗介終於擠出這句話，但是這句話對女巫根本無法發揮效果。

轉眼之間，女巫就摟著他走進屋內，葛麗特見狀大吃一驚的跑了過來。

「他、他是誰啊？」

「八成是被糖果屋吸引的孩子，這是天上掉下來的禮物。他身上看起來有不少肉，今天就把他煙燻一下吧。」

女巫興奮的說完，便把宗介帶去地下室，關進小籠子內。聽到「嘎嘰」一聲上鎖的聲音，宗介忍不住發出慘叫。

「放我出去！讓我出去！拜託！」

女巫當然不理他，轉身上了樓。

宗介抓著籠子的鐵柵欄不停搖晃，設法想要逃出去，並抓著鎖頭用力拉扯。

但是他費了九牛二虎之力，鐵籠依然紋風不動。

宗介的腦海中浮現了故事的結局：「女巫把漢賽爾和一個不知

名的男孩吃下肚後，心滿意足的打了個飽嗝。全劇終。」

故事絕對不能就這樣結束。

「威廉！你不是故事守護者嗎？快來救救我！救救我啊！」

宗介不顧一切的叫喊著。

「你真是太傻太天真了，根本不會有人來救你。」

宗介聽到一個語帶嘲諷的說話聲，忍不住看向身旁。

直到這時，他才發現籠子裡還有另一個人。原來漢賽爾也被關在這個籠子裡，他哭腫的雙眼很紅，卻歪著嘴角露出了嘲諷的笑容。

漢賽爾對大吃一驚的宗介說：

「女巫的家位在森林深處，沒有人知道我們在這裡，所以你不要再亂叫了，反正也不會有人來救我們。」

「但、但是如果不逃出去，我們不是會被吃掉嗎？而且葛麗特會變成女巫，這樣也沒關係嗎？」

「葛麗特……」

漢賽爾不悅的嘀咕著。

「她還真會見風轉舵，馬上就去討好女巫，她真的很奸詐、很討厭。有這種妹妹，我真的是全世界最可憐的哥哥。」

「她也對你很不滿……聽說你一個人把麵包獨吞了，這件事是真的嗎？」

「嗯，是啊，差不多就是這樣。」

「那你為什麼不分給葛麗特吃？」

「因為那塊麵包很小，如果分給她，我就只能吃一小塊了。我身體比她高大，如果不多吃一點，很快就會走不動了。」

「……」

「更何況我根本不想要有什麼妹妹。自從有了妹妹，我一直過得很不幸，食物也只剩下原來的一半……更重要的是，我從來不覺得她可愛，她整天只會大肆抱怨，口頭禪就是『希望你趕快死掉』，怎麼可能會有人喜歡這種妹妹？」

漢賽爾氣鼓鼓的抱怨。宗介不由得感到悲哀，也很懷疑眼前這個人是不是真的漢賽爾。

在宗介的記憶裡，漢賽爾是善解人意、照顧妹妹的好哥哥。但是現在不要說葛麗特了，任何人遇到這種哥哥都會覺得很討厭。

不過葛麗特也有問題，她太頑固、得理不饒人，而且很狂妄自大。就連身為外人的宗介，聽到她說「希望你趕快死掉」這種話，也覺得很不舒服。

宗介是獨生子，所以不太清楚兄弟姊妹之間的關係，但他仍然知道這對兄妹的關係很異常。他們只要稍微體諒對方一點，故事的發展應該就會不一樣。

「啊！」

宗介突然大叫起來，他覺得這次終於找到被偷走的關鍵字了。

他急急忙忙拿出書本，正準備在書頁上寫下答案時，害怕的感覺突然湧上心頭。雖然他認為這肯定是正確答案，但萬一錯了呢？

宗介的手開始發抖，只剩下兩次機會了。

在他陷入猶豫時，走廊另一頭傳來了「噔噔噔」的腳步聲，還有愉快哼歌的聲音。

女巫再次出現在籠子前面。

「煙燻的準備工作已經完成了，小鬼，你趕快出來。」

「我不要、我不要！」

「臭小鬼，趕快給我出來！」

女巫打開籠子的小門，把手臂伸了進來。宗介逃到籠子的最深處，身體緊貼著邊緣，他盡量蜷縮著身體，避免被女巫抓到。

但是女巫沒有放棄，她伸長手臂，尖尖的指甲有兩、三次碰到了宗介的肩膀。

宗介嚇得頭髮都豎了起來，如果不趕快採取行動，真的會被女巫吃掉。現在只能把答案寫在書上，才有機會得救。

「不要往壞處想。」宗介在心裡鼓勵自己。

換一個角度想，他還有兩次機會，即使這次答錯也沒關係，只要故事倒退回原點，至少可以逃過眼前的危機。

「只能孤注一擲了！」

宗介下定了決心，用顫抖的手拿起羽毛筆，在書上寫下「手足之情」這四個字。

書本立刻發出金色的光芒。

宗介在耀眼的光芒中，察覺到自己周圍的空氣發生了變化。這是怎麼回事？他有一種奇妙的感覺，好像所有的一切都回到了應有的位置。

當宗介回過神時，他發現自己站在一片宛如空白書頁的純白空間中，無論左右、腳下還是頭上，四周都是一片純白，簡直就像飄浮在白色的宇宙中。

這裡到底是什麼地方？宗介在思考的同時，低頭看向手上的書，下一剎那，他忍不住做出勝利的姿勢。

書上出現了之前不曾看過的插圖，漢賽爾和葛麗特面帶笑容，牽著手一起逃出了糖果屋。

旁邊的頁面上，寫了以下的故事內容。

葛麗特逮住機會，把女巫關進爐灶，救出了漢賽爾。兄妹倆從女巫家拿走了很多寶物，並且順利回到家中，然後過著幸福快樂的生活。

全劇終。

宗介興奮的跳了起來。

這才是宗介熟悉的〈糖果屋〉故事內容，被偷走的關鍵字果然就是「手足之情」。他由衷的為這則故事有了完美結局感到高興。

「修復完成了，趕快回家吧。」宗介心想。

但是他等了很久，卻什麼事都沒有發生，周圍仍然是一片寧靜的白色空間。

宗介大聲呼叫威廉。

「喂！我修復完成了！趕快讓我回去原來的世界！」

但是他只聽到自己說話的回音，完全沒有任何人回應。

「這到底是怎麼回事啊？修復完成不就結束了嗎？難道讓我回去的方法是寫在書上嗎？」

宗介認為很有可能，於是翻開了〈糖果屋〉的下一頁。沒想到，原本空白的頁面上出現了「長髮公主」這幾個字……

第3章
溫柔的女巫
story 3

「不會吧？為什麼又是新的故事？」

在宗介大驚失色的同時，文章仍然持續浮現在頁面上。

很久很久以前，有一對夫妻一直沒有小孩。

後來太太終於順利懷孕了，在她肚子越來越大的期間，她發現隔壁鄰居家的院子裡，種了很多美味可口的萵苣。

當宗介看故事時，白色空間開始變模糊，並漸漸出現一個很大的院子。

院子裡五彩繽紛的花朵競相綻放，還有一個看起來受到細心照顧的家庭菜園，結了很多亮晶晶的番茄和茄子。

菜園中有一排綠油油的蔬菜，那一定就是萵苣，也就是故事中那位太太想吃得不得了的美味蔬菜。

這時，院子圍牆外傳來一個女人大聲說話的聲音。

「老公，拜託你，無論如何都要把那些萵苣採回來給我吃，如果吃不到，我就會死。」

故事開始了，不知道〈長髮公主〉的結局會變成什麼模樣？宗介急忙繼續讀了下去。

太太很想吃隔壁家院子裡的萵苣。

「老公，拜託你，無論如何都要把那些萵苣採回來給我吃，如果吃不到，我就會死。」

丈夫在太太的央求下，前去拜託隔壁鄰居：「請你分一點萵苣給我們。」

那個鄰居不是普通人，而是一位女巫，但是她心地善良，所以心情愉快的接受了鄰居丈夫的拜託。

「你要多少都沒問題，但要小心，萵苣不能吃太多，因為我家院子裡的蔬菜都有魔法。」

雖然女巫這麼說，但是那位太太覺得萵苣實在太好吃了，所以整天只吃萵苣，結果在生下女兒的同時就死了。

啊……宗介臉色發白的說：

「是、是這樣的故事嗎？」

他繼續看下去，發現悲劇還沒有結束。

太太去世之後，那位丈夫傷心欲絕，最後也死了。

女巫把鄰居生下的女嬰帶回家，她對「自己種的蔬菜害死那對夫妻」感到內疚不已。為了彌補自己的罪過，她將女嬰取名為「長髮公主」，決定好好照顧她長大。

於是，女巫把長髮公主帶到高塔上生活。

「外面的世界充滿危險，只要待在這裡，這孩子就很安全，不會受到任何傷害，也不會生病，只要我給她滿滿的愛就好。」

長髮公主得到女巫的寵愛，幸福的長大了，就這樣過了好幾年、好幾十年……

長髮公主在女巫細心的照料下，健康的長大了。

她從嬰兒變成少女，從少女變成女人，接著邁向中年，最後變成了老婆婆。

長髮公主直到九十歲，都不需要自己動手做任何事，對高塔外的世界也完全沒有興趣，整天只想要玩具和點心。

女巫任勞任怨的照顧長髮公主，在女巫眼中，無論長髮公主到了幾歲，她都是小嬰兒。

長髮公主死後，女巫仍然為長髮公主的白骨穿上衣服，甚至為她梳頭髮、唱催眠曲。時至今日，人們仍然可以聽到從高塔上傳來催眠曲的聲音。

全劇終。

哇喔！宗介忍不住摀住了臉。

太慘了，這個結局未免太慘了。雖然故事中完全沒有提到長髮公主的不幸，但不知道為什麼，宗介感到很鬱悶，那是一種渾身不對勁的感覺，好像被什麼人的指甲用力抓遍全身。

「故事不應該有這樣的結局，長髮公主最後要和王子結婚，過著幸福快樂的生活才對。」

宗介驚訝的抬起頭，眼前漂亮的院子和萵苣田都不見了，他發現自己正站在高塔的陽臺上。

「啊、啊啊啊！」

宗介忍不住尖叫起來。

那座塔高得嚇人，地面在很遙遠的下方，光是往下看，宗介的雙腿就開始發軟。高處的空氣十分冰冷，轉眼之間，手腳就被凍僵了，而且鼻水也流了下來。如果稍不留神，就會從陽臺上掉下去。

宗介雖然嚇得幾乎癱軟在地，但仍然意識到這裡八成就是長髮公主遭到囚禁的高塔。在他剛才看書的期間，故事似乎已經有了很大的進展。

宗介慢慢爬回陽臺後方，向高塔內張望。他看到一個看起來像是女巫的老太婆，以及一個差不多十歲的金髮女孩。

老太婆一臉慈愛的對女孩露出笑容，拿糖果給她吃。女孩吃著糖果，向老太婆撒嬌。

眼前的畫面無論怎麼看，都覺得她們看起來很幸福，但是照這樣發展下去，長髮公主即使變成白骨，也無法離開這座高塔。

宗介看著她們，絞盡腦汁思考魔王到底偷走了什麼關鍵字。

他觀察了一會兒，突然感到有點奇怪。

〈長髮公主〉的故事中，最有名的就是公主有一頭很長很長的頭髮，女巫就是靠著那一頭長髮出入高塔。

但是宗介發現，長髮公主的頭髮最長只到腰部，難道是之後會慢慢變長嗎？

正當宗介這麼想的時候，聽到女巫對長髮公主說：

「咦？你的頭髮又變長了，我來幫你剪短，不然頭髮會打結，要是不小心勾到會很痛。」

女巫拿出剪刀，「喀嚓喀嚓」幾下，就把長髮公主的頭髮剪到

肩膀的位置。

「可以了，現在這樣就安全了。」

「謝謝奶奶，這樣輕鬆多了。」

「是不是很輕快？來，吃點心吧？還是你想吃水果？」

「我想玩娃娃。」

「好啊。」

躲在陽臺上的宗介，聽到她們聊天的內容大吃一驚。

「原來在這個故事中……長髮公主沒有長頭髮，所以沒有人能出入這座高塔，也沒有『長髮公主、長髮公主，把你的頭髮放下來』

這句經典臺詞，當然也不會有王子出現。」

這麼看來，被偷走的關鍵字一定就是「長髮公主的長髮」。宗介這麼想著，急忙打開書本，打算將答案寫在書頁上。

但是他在緊要關頭踩了煞車，因為他覺得似乎不太對勁。

剛才在〈糖果屋〉的故事裡，他因為貿然行事差點失敗了，所以宗介決定重新看一遍書上的內容，先好好思考再說，反正長髮公主不會這麼快就變成老太婆死去。

宗介再次仔細閱讀故事內容，越看越覺得關鍵字應該不是「長髮公主的長髮」。

宗介再次探頭看向高塔。

長髮公主已經長大成人，變成一個閃閃動人的漂亮女人，但是她臉上的表情仍然是一個愛撒嬌的孩子，簡直就像是一個巨嬰黏在女巫身邊。

「奶奶，我真的好愛你。你不要離開我，你要永遠、永遠陪在我身旁。」

「可愛的長髮公主，我當然會陪在你身旁，但是現在讓我稍微出門一下，因為我們已經沒有食物了，我要去買麵包和奶油。」

「你會馬上回來嗎？」

「我當然會馬上回來。如果有買到蘋果，我會做成你最愛吃的蘋果派。」

女巫溫柔的說完，便走出高塔內的房間。

長髮公主獨自留在房內，一臉寂寞的抱緊娃娃，小聲嘀咕說：

「長髮公主，別擔心，奶奶馬上就回來了。每次都是這樣，只要稍微等一下就好，你要忍耐。」

宗介覺得長髮公主簡直就像一個小女孩，於是鼓起勇氣從陽臺走進屋內。

「長、長髮公主，請問……你還好嗎？」

長髮公主聽到宗介的聲音，瞪大眼睛看著他，然後「啊」的一聲發出尖叫。

接下來的場面真是一團混亂。長髮公主驚慌失措的哭了起來，宗介只能拚命安慰她。

「我不是壞人，你可以放心，我不會對你做任何事。」

宗介一次又一次重複這些話，長髮公主才終於相信他。

她抽抽噎噎的開口詢問：

「你、你、你是誰？」

「我叫宗介，但是這不重要……長髮公主，這座高塔不是很小、很無聊嗎？你不想離開這裡嗎？」

「離開這裡？為什麼？」

「因為……我是說如果喔，如果你的奶奶在外面發生意外，很久都無法回來……啊啊啊！我不是這個意思！我只是說假設的狀況，只是希望你想像一下，所以你千萬別哭！」

「但是我連想像都不願意！我不想假設奶奶發生意外，你為什麼要說出這麼殘忍的話？」

「我不是說了嗎？我只是希望你想一下而已。如果你的奶奶無法回到這裡，那你就沒有食物吃，最後就會死在這裡不是嗎？為了避免這種情況發生，你必須想出隨時可以離開這裡的方法。比方說：你可以去陽臺上大聲呼救，這樣路過的王子可能就會聽到你的求救聲，跑來這裡救你。」

「和陌生人見面太可怕了。」

「或者你可以把床單撕成布條，再把它們做成繩子，你覺得這個方法怎麼樣？」

「我為什麼要做這種事？」長髮公主不耐煩的反駁，「宗介，你怎麼老是說一些莫名其妙的話，奶奶怎麼可能不回來呢？她真的很疼愛我，我也很愛奶奶，所以我絕對不會離開這裡，違背和奶奶之間的約定！我會一直待在這裡，這就是我最幸福的生活方式。」

「這樣不行啊。」

「為什麼不行？唉，你還是趕快走吧，快點離開，在奶奶回家之前，請你離開這裡！」

長髮公主生氣的邊說邊把宗介推去陽臺，然後用力關上窗戶、拉上鎖頭。

宗介看到長髮公主甚至還拉起窗簾，氣惱的背對陽臺。

自己明明是為了長髮公主著想，所以才開口勸她，她為什麼只相信女巫說的話？唉，這真是太莫名其妙了，既然長髮公主認為現在這樣很幸福，自己是不是不必多管閒事救她呢？

想到這裡，宗介忍不住倒吸了一口氣。

即使這個長髮公主有一頭長髮，她也不會逃出高塔，或是愛上王子，因為她真的很愛女巫。

反過來說，這也表示女巫真的很用心照顧長髮公主，她是真心守護長髮公主，希望公主不會受到任何傷害。雖然這種行為妨礙了公主的成長，但是女巫完全沒有察覺這件事，因為女巫是個心地善良的人。

「對啊，這個故事從一開始就出了問題。在原本的故事中，女巫雖然把萵苣送給鄰居，卻心懷不軌的想奪走鄰居家的孩子，最後還從鄰居夫婦手上搶走了剛生下的嬰兒。」

宗介以前閱讀這個故事的時候，覺得女巫這種殘忍的行為「很可怕」。

但是，這個故事中的女巫完全沒有做出殘忍的行為。她溫柔又慈祥，有滿滿的愛心，在高塔內為長髮公主打造了一個完美的幸福世界。

但是這麼一來，就破壞了〈長髮公主〉原本的情節發展。

宗介彷彿撥雲見日般豁然開朗。

「原來是這樣。我以前一直希望女巫是好人……但如果故事中的所有角色都是好人，就會變得很無趣，必須要有壞人才行。」

宗介再次回頭看向高塔，從拉起的窗簾縫隙向內張望。

故事情節繼續在房間內推展，長髮公主已經變成了老婆婆，肩上披散著一頭沒有光澤的頭髮，皮膚都皺了起來，但她仍然抱著娃娃，露出一臉撒嬌的表情吃著糖果。

女巫在她身旁勤快的為她剪指甲。女巫的外貌並沒有太大的變化，只是臉上稍微多了幾條皺紋，看來女巫的壽命應該比普通人類更長。

房間內完全是一個老婆婆在照顧著另一個老婆婆，雖然兩個人看起來都很幸福，但是這樣沒有未來。

這是一個溫馨的故事，但是情節沒有變化也缺乏趣味，不會留在任何人的心裡。

這樣不行。宗介再次意識到這件事，所以他在書上緩緩寫下「女巫的壞心眼」這幾個字。

他這次很有把握，但心臟還是撲通撲通跳個不停，所以當書本發出金色光芒時，他發自內心感到高興。

「成功了！」

等宗介回過神時，他發現自己又回到了先前的白色空間。因為這已經是第二次，所以他並沒有感到驚訝，而是立刻低頭看向手上的書。

故事修復完成了。

長髮公主被壞心眼的女巫搶走，離開了親生父親，被關在高塔上長大。但是有一天，她遇到了王子，最後恢復了自由之身，從此過著幸福的生活，那才是真正的完美結局。

不僅如此，書上還出現了插圖。圖畫裡的王子順著公主的長髮爬上高塔，遇見了長髮公主。長髮公主看到王子，露出一臉驚訝的表情，同時難掩內心的喜悅。

宗介看到長髮公主的表情，終於鬆了一口氣。這個公主臉上總算沒有巨嬰的表情，而是一個符合她年紀的年輕女人。

「現在的她，可以和王子相愛了。嗯嗯，〈長髮公主〉的故事就該這樣才對啊。」

宗介鬆了一口氣，覺得這次威廉一定會來接他回去，於是安靜的等待著。

他等啊等、等啊等，等了很久，卻什麼事也沒有發生。

「該不會……不不不，不可能有這種事，不可能還有其他關鍵字被偷走吧。」

雖然宗介這麼告訴自己，卻還是膽戰心驚的翻開書頁。

他翻到〈長髮公主〉的下一頁，頁面上寫了以下文字。

「很久很久以前，有三名士兵踏上了旅途……」

第4章

沒有名字的故事

story 4

很久很久以前，有三名士兵踏上了旅途。他們三個餓得飢腸轆轆，隨時都會昏倒。

最後，他們來到一個小村莊。那個村莊看起來很窮，農田和果園內都沒有任何果實。

「但是，他們應該多少還有一點食物，可以請村民施捨一點食物給我們。」

三人這麼盤算著，沒想到村民拒絕了他們。

「我們也很餓，因為住在城堡裡的公主，把我們的農作物全都搶走了，所以根本沒有多餘的食物可以給別人。」

無奈之餘，士兵只好煮湯充飢。但是他們沒有任何食材，只好把石頭放進鍋裡煮，反正村裡有很多石頭。

「煮出石頭的精華後，這鍋湯或許會好喝一點。」

但是，最後當然只煮出一鍋熱開水。

三名士兵只能餓著肚子，無精打采又沮喪的離開村莊。

宗介看完這個簡短的故事，發現自己站在一個窮苦的村落裡，

村裡所有景物看起來都灰濛濛的，蕭條的景色一直延伸到村外農田裡的作物，果園內的果樹也枯萎了。村民個個面黃肌瘦，雙眼黯然無神，就連空氣都很乾燥，呼吸時，鼻子和喉嚨深處都有一種乾澀的不適感。

宗介不由得渾身發毛，思考自己現在身處於哪一個故事之中。

「啊……我想起來了，我記得這個故事好像叫『石頭湯』。」

那是宗介最喜歡的故事之一，只不過書上的情節完全變了樣。

在原本的〈石頭湯〉故事中，村民其實還有食物，卻不願分給三名士兵吃。

士兵發現這件事之後，想出了一個妙計。他們對村民說：「你們看起來都很飢餓，我們來煮一鍋世界上最美味可口的石頭湯給你們喝。」於是，士兵開始動手煮湯，並且故意大聲說：「這鍋湯真是太好喝了，如果再加一點蔬菜，一定會更好喝！」、「如果再加點肉，就完美無缺了。」

村民忍不住好奇石頭湯的味道，便主動拿出蔬菜和肉對士兵們說：「如果不嫌棄，請把這些放進湯裡。」

於是，士兵真的煮出一鍋有很多好料的美味石頭湯。

村民喝完湯後，全部異口同聲的說：「石頭湯實在太好喝了！」

他們完全沒有發現，其實湯裡的食材都是他們提供的。

「對啊，我記得原本的故事應該是這樣才對。」

但是眼前這個村莊的村民真的很貧窮，不像是故意把食材藏起來的樣子。

而且，還有另一件事令宗介十分在意，那就是這本書上完全找不到這個故事的名字。照理說，書上應該要有〈石頭湯〉的故事名稱才對。

宗介感到很奇怪，但還是拿起了羽毛筆。

「嗯，這次的關鍵字很簡單。」

只要村民有食物，問題就解決了，只要有食物，這個故事就會恢復原來的劇情。

宗介在書上寫下「村民的食物」，然後注視著發出光芒的書本，重新閱讀浮現的文章。

很久很久以前，有三名士兵踏上了旅途。他們三個餓得飢腸轆轆，隨時都會昏倒。

然後，他們終於來到一個小村莊，村莊裡綠意盎然，農田和果園內都結實纍纍。

宗介周圍的風景變了。原本一片荒涼的農田和果園變得青翠迷人，五彩繽紛的蔬菜和水果都迎來了收成的時刻，就連原本灰塵飄揚的乾燥空氣也變得滋潤起來，和煦的微風輕輕吹拂著草木。

太好了，太好了。宗介心滿意足的繼續看接下來的劇情發展。

三名士兵看到眼前富裕的村莊，都忍不住感到高興。

「太好了，請村民施捨我們一點食物。」

三個人這麼盤算著，沒想到村民卻拒絕了他們。

「我們無法提供食物給你們。」

士兵苦苦哀求村民。

「即使只有一片麵包，或是一顆蘋果也行。我們太餓了，真的快餓死了。」

「不行，我們根本沒有多餘的食物。」

「但是田裡的農作物不是豐收嗎？果園裡也結了很多果實啊，分我們一點吧，只要一點點就好。」

「對不起，這個村莊收成的所有農作物和水果，都屬於某位大人物。」

「某位大人物？」

「沒錯，這位大人物很可怕，我們根本不敢惹她生氣。她的手下——七個小矮人很快就會來這裡，我們必須把約定好的食物交給他們，只要稍微少了一些，那位大人物就會馬上發現。事情就是這樣，請你們趕快離開我們的村莊吧。」

態度冷淡的村民，想把三名士兵趕出村莊，於是士兵們想出了一個方法。

「看來村民有食物，那我們請他們喝石頭湯吧。」

「嗯，好主意，我們要用這個方法讓村民拿出食物，對嗎？」

「沒錯。」

三名士兵大聲的說：

「既然這樣，就由我們來款待你們，我們請你們喝世界上難得一見的石頭湯。」

三人把水和石頭放進鍋子，放在火上煮了起來。當鍋子裡的水燒開後，他們試喝了一口說：「真是太好喝了，如果再加一點蔬菜，一定會更好喝。如果再加點肉，就完美無缺了。」

但是村民依然無動於衷，只是默默看著他們，完全沒有人說出「我們有一點蔬菜」，或是「把這些肉拿去一起煮吧」之類的話。

三名士兵的如意算盤落了空，只能喝完鍋子裡的開水，然後匆匆離開了村莊。

宗介陷入一片茫然，忍不住大叫出聲。

「這是怎麼回事？〈石頭湯〉的故事裡哪有什麼七個小矮人？」不對，這未免太奇怪了，明明只有〈白雪公主〉的故事中有七個小矮人，和〈石頭湯〉完全沒有關係啊。

此外，還有另一件事……宗介想起了另一個重要線索。

「對了，《格林童話集》中並沒有〈石頭湯〉的故事，我記得那是……啊！那是《世界童話》中的故事！我記得應該是葡萄牙的民間故事……這到底是怎麼回事？為什麼不是格林童話的故事會出現在格林世界中？該不會是兩個故事混在一起，所以這個故事才會沒有名字吧？」

威廉剛才說書裡的故事被破壞得亂七八糟，但宗介完全沒有想到，情況會是不同的故事混在一起，而且還是不同童話集裡的故事混在一起。

正當宗介感到錯愕的下一剎那，立刻嚇得臉色發白。

「慘、慘了！」他急忙看向書的封面。

宗介的擔心成真了，封面發黑的範圍漸漸擴大，已經有三分之二都變黑了，因為宗介剛才寫錯了答案。

又失敗了！宗介緊咬著嘴唇。他太大意了，竟然沒有仔細思考就寫下了答案。已經失敗過兩次，現在只剩下一次機會了。

宗介既緊張又害怕，而且渾身冒著冷汗。但是他愣在原地的同時，故事仍然繼續進行。

宗介直到看見三名士兵來到村莊，開始煮石頭湯，才終於回過神來。

故事繼續這樣發展下去太不妙了。無論如何，他必須找到正確的關鍵字。

首先必須蒐集線索。宗介決定向村民了解情況，他悄悄詢問一位正在看士兵煮湯的年輕男人。

「請、請問……」

「你是誰？你和那幾名士兵是同夥嗎？不好意思，我們沒有多餘的食物，無論是田裡的農作物，還是果園裡的水果，全都是那位大人物的。」

「你、你誤會了，我不是要向你討食物，而是想向你請教一個問題。請問……你說的那個大人物，該不會是白雪公主吧？」

「對，就是皮膚像白骨一樣白，頭髮像黑夜一樣黑，嘴唇像鮮血一樣紅的白雪公主。你應該也很清楚，我們絕對不能惹白雪公主生氣，如果被那個可怕的魔女盯上，我們這個小村莊就完蛋了。」

「魔女？白、白雪公主是魔女？」

宗介瞪大了眼睛，覺得那個人一定是在開玩笑。

白雪公主的後母——壞皇后才是魔女吧！

壞皇后覺得自己是全天下最漂亮的女人，總是站在魔鏡前問：「魔鏡啊魔鏡，請問誰是全天下最美的女人？」魔鏡每次都回答：「皇后就是全天下最美的女人。」但是有一天，魔鏡竟然回答：「全天下最美麗的女人，就是你的繼女白雪公主。」皇后勃然大怒，決定殺了白雪公主。害怕的白雪公主躲進七個小矮人家裡，但皇后並沒有放過她，最後打算用毒蘋果毒死她。

這才是〈白雪公主〉的故事內容。〈石頭湯〉和〈白雪公主〉是完全不同的兩個故事，當然不可能產生交集。

宗介一臉錯愕，但村民納悶的問他：

「你為什麼這麼驚訝？大家都知道，白雪公主的後母把黑魔法統統傳授給她了。」

「皇后？她向白雪公主傳授魔法？」

「是啊，皇后把白雪公主視為自己的親生女兒般疼愛，不但將自己的魔法傾囊相授，還把自己所有的東西都給了白雪公主，包括那面邪惡的魔鏡，她也送給了白雪公主。」

「你說的該不會是只要對它說：『魔鏡啊魔鏡……』就會回答的那面鏡子吧？」

「沒錯，就是那面鏡子。」

那個男人說明的情況，和宗介知道的〈白雪公主〉完全不同。

這裡的白雪公主受到壞皇后疼愛，被她培養成厲害的魔女，甚至繼承了壞皇后邪惡的靈魂，再加上那面魔鏡的影響，導致她的性格更加扭曲，認為「自己是全世界最漂亮的女人」。

既然是全世界最漂亮的女人，那她無論做任何事都會被原諒。因此，白雪公主隨心所欲的使用魔法，成為人們害怕的對象。她把七個小矮人當成自己的奴隸使喚，還搶走村民的食物和寶石，態度囂張跋扈、為所欲為。

宗介聽了之後說不出話來，村民則是臉色鐵青的繼續說下去。

「七個小矮人很快就會來這裡拿貢品。」

「小矮人……」

「沒錯，他們也很可憐，因為靈魂都被魔法吸乾了，所以對白雪公主言聽計從。如果我們無法繳納白雪公主要求的所有貢品，她就會使用黑魔法來摧毀我們的農田，到時候，全村的人都會餓死，所以我們真的沒有任何食物可以分給你們。」

村民再三重申。

怎麼會有這種事？宗介忍不住陷入了苦惱。兩個故事真的混在一起了，而且問題並不是出在〈石頭湯〉，而是〈白雪公主〉。

「也許是〈白雪公主〉的關鍵字被偷走了……我剛才不應該沒有想清楚就寫下答案。」

宗介後悔得快哭出來了，他眼睜睜的看著三名士兵煮了一鍋失敗的石頭湯，然後匆匆離開村莊。

不一會兒，七個小矮人來到了村莊。雖然他們很矮，但全身肌肉飽滿，看起來孔武有力。他們的鬍子很髒，眼神空洞，手腕和脖子上都掛著有很多尖刺的可怕手環和項圈，而且七個人都拿著嚇人的斧頭和鐵鎚。

走在最前面的小矮人，用破嗓子大聲說：

「我們來拿你們要獻給絕世美女白雪公主的貢品，你們應該都準備好了吧？」

「是，當然準備好了。」

村民恭敬的把小矮人帶去倉庫。

倉庫內堆滿食物，大籃子裡裝著蔬菜，木桶內裝滿蘋果，培根和火腿也堆得高高的。

看到這麼多食物，宗介覺得分一點給剛才的士兵也沒問題。

沒想到，戴著眼鏡的小矮人上前一步，打量著倉庫說：

「七桶蘋果、七袋馬鈴薯、七袋麵粉，七籃菠菜和高麗菜，培根和火腿各七個，大麥麵包和黑麥麵包各七個，還有七瓶葡萄酒，全都符合白雪公主的要求，但是蜂蜜呢？怎麼只有六瓶？這是怎麼一回事？」

一位看起來像是村長的老人，聽了小矮人的話，緊張的回答：

「對、對不起，我們村莊沒有生產蜂蜜，所以急忙四處去張羅，最後只買到六瓶，但是我們另外準備了一大袋砂糖，請、請你們多包涵。」

「不行！」

七個小矮人同時搖著頭說：

「白雪公主的願望必須分毫不差的實現，說好是七瓶蜂蜜就是七瓶，不能多一瓶，也不可以少一瓶。既然你們不遵守約定，就只能接受毒的懲罰。」

「啊啊啊啊！請你們高抬貴手，大人不計小人過，千萬不要這麼做啊！」

村民們異口同聲的叫了起來，磕頭乞求原諒。但是被吸走靈魂的七個小矮人完全沒有同情心，他們無情的推開村民，大步走向果園。

這時，小矮人手上的武器發生了變化，斧頭和鐵鎚的前端都變成了黑紫色。小矮人拿起變色的武器砍向果園內的樹木，發出難以形容的可怕聲響。

宗介倒吸了一口氣，因為被斧頭和鐵鎚砍到的果樹，都在轉眼之間枯萎、凋零了。除了果樹以外，腳下的草地也枯死了，露出了焦黑的地面。

宗介立刻知道，那是土地中毒的樣子。村子裡的土地被注入了強毒，因此地表都枯死了。看見心愛的果園被毀了一半，村民全都哭倒在地。但是七個小矮人依舊面無表情的走向農田。村民察覺小矮人想要做什麼，紛紛大喊：

「請你們高抬貴手，放過農田，否則我們會沒辦法過冬，因為我們已經把所有食物都進貢給白雪公主了！」

但是七個小矮人並沒有停下腳步，於是農田也遭殃了。

七個小矮人毀了一半的農田，轉身對面如土色的村民說：

「如果你們下次再不遵守約定，我們就會前來摧毀剩下的果園和農田。你們要感謝美如天仙的白雪公主慈悲為懷，以後小心一點。」

七個小矮人說完，輕輕鬆鬆的把大量貢品扛在肩上。他們帶著村民的貢品，啟程回去找白雪公主。

宗介憤怒得七竅生煙。簡直太氣人了！〈白雪公主〉為什麼會變成這麼殘酷的故事？啊啊，根本忍無可忍！

既然這樣，他要跟在小矮人身後，親眼看看那個白雪公主。只要見到白雪公主，或許就能知道被偷走了什麼關鍵字。

「如果能夠修復〈白雪公主〉的故事，〈石頭湯〉搞不好就會恢復原狀，回到原來的故事集中。我受夠這種亂七八糟的故事了。話說回來，那個叫什麼格啦E夢的魔王，為什麼要偷走故事的關鍵字？他破壞故事到底有什麼目的？」

宗介跟在小矮人身後，一路上納悶不已。

七個小矮人輕輕鬆鬆的扛著成堆的貢品走在路上，不一會兒，就來到一座大城堡。

那座城堡富麗堂皇，隨處可見鑲了寶石的裝飾品，還有高級地毯和各種擺設，以及各種零食，但是城堡內就像廢墟般沒有人影。

「既然是城堡……不是應該有很多僕人和騎士嗎？」

但是對宗介來說，城堡內沒有人反而更好。幸虧沒有人，他才能順利溜進來。

宗介跟在小矮人身後，悄悄走在長長的走廊上，很快就聽到了聲音。

「稀里呼嚕，吧唧吧唧，哧哧呼呼，咕嚕咕嚕！」

這些聲音太刺耳了，簡直就像是什麼飢餓的猛獸在狼吞虎嚥的大口吃肉。不可能吧？宗介有一種不祥的預感。

小矮人走進一座很大的殿堂。

宗介躲在門後，悄悄向殿堂內張望。

殿堂後方有一張鑲滿紅寶石的寶座，一個肥胖的女人大剌剌的坐在上面。她穿著一件閃亮的禮服，頭上戴著璀璨耀眼的皇冠。她抓起堆在寶座兩旁的美食塞進嘴裡，一直吃個不停。

「稀里呼嚕，吧唧吧唧，哧哧呼呼，咕嚕咕嚕！」

原來宗介剛才聽到的，就是這個胖女人吃東西的聲音。

宗介看到她狼吞虎嚥的模樣，忍不住心生厭惡。他終於了解媽媽以前為什麼要求他吃東西不可以發出聲音了。之前每次聽到媽媽的叮嚀，宗介都覺得她好囉嗦，吃東西發出聲音有什麼關係？有了這次的經驗，他以後真的要注意這件事，自己絕對不可以露出那種醜態。

就在宗介自我提醒時，七個小矮人跪在寶座前，齊聲對著椅子上的胖女人說：

「美麗無比的白雪公主，我們七個回來了。」

唉唉……那個胖女人果然就是白雪公主嗎？

宗介雖然已經猜到了，但仍然忍不住感到失望。

「那、那個女人……竟然就是白雪公主。」

他以前想像中的白雪公主可是貌若天仙，令他臉紅心跳。宗介帶著絕望的心情，看向坐在寶座上的女人。

白雪公主原本的五官應該很漂亮，但是因為持續暴飲暴食，所以整個人都變得臃腫不堪，簡直就像一顆巨大的雪球。

公主從來不曾晒過太陽的皮膚十分蒼白，看起來很不健康，而且滿臉都是青春痘。

一頭黑髮也油膩膩的，紅豔的嘴脣簡直就像剛喝完鮮血。

眼前的白雪公主完全符合「皮膚像白骨一樣白，頭髮像黑夜一樣黑，嘴脣像鮮血一樣紅」的形容。

宗介忍不住認為，天底下所有的王子，如果看到眼前的白雪公主，絕對不敢和她接吻。

而且白雪公主雙眼冰冷，顯然個性很扭曲。公主露出好像在看垃圾般的眼神，瞪著七個小矮人說：

「你們怎麼去了那麼久？應該把村民的貢品都帶回來了吧？」

她只有嗓音悅耳動聽，語氣卻冷酷得令人發毛。

宗介害怕得縮起身體，但那些失去靈魂的小矮人面無表情，淡淡的向白雪公主說明村莊內發生的事。

白雪公主聽完小矮人的報告，滿臉不悅的開了口。

「我明明說了要七瓶蜂蜜，他們竟然只準備了六瓶？我不能原諒他們！你們馬上回去村莊，毀掉剩下的果園和農田！那些村民就讓他們餓死算了。我要讓全世界的愚民知道，違抗我白雪公主會有什麼下場！這樣剛好可以殺雞儆猴，警告其他村莊的人！」

七個小矮人聽了白雪公主的命令，慢吞吞的走出了殿堂。他們一定會回到村莊，執行白雪公主的命令。

宗介發自內心同情村民，但他並沒有跟著小矮人離開城堡，而是繼續留下來觀察白雪公主。

白雪公主氣鼓鼓的說：「唉，真是讓人太生氣了，心情惡劣的時候就要吃蛋糕。」說完這句話，她把一塊大蛋糕塞進嘴裡。她的胃簡直就是個無底洞。

眼前的白雪公主冷酷無情又貪得無厭，和原本的白雪公主天差地別，宗介看著她，忍不住覺得她很可憐。

「不知道這個〈白雪公主〉的結局是什麼？」

宗介格外好奇故事的結局，於是翻開書，從三名士兵離開村莊後繼續讀下去。

三名士兵大失所望，只能喝完滿鍋的熱水，然後匆匆離開這個村莊。

不一會兒，七個小矮人來到了村莊。

「我們來拿你們要獻給絕世美女白雪公主的貢品，你們應該都準備好了吧？」

「是，當然準備好了。」

村民回答後，把小矮人帶去存放貢品的地方。但是貢品並不齊全，少了一瓶蜂蜜。

小矮人只看一眼就發現了這件事，為了處罰村民，他們在村裡一半的果園和農田下毒，摧毀了半個村莊。

然後，七個小矮人把貢品搬回城堡給白雪公主。

白雪公主聽到村民竟然沒有將貢品準備齊全，頓時怒不可遏。她無法忍受自己的願望無法實現，於是命令小矮人去摧毀剩下的果園和農田。

白雪公主餘怒難消，她的蛀牙持續疼痛，而且強烈的飢餓感不斷襲來。最讓她感到不滿的是，至今仍然沒有英俊的王子前來向她求婚。

「我明明是個絕世美女，為什麼沒有人來求婚？而且僕人全都離開了城堡，在這裡生活有很多事都很不方便，真是受不了……算了，下次遇到陌生人的時候，就用對待七個小矮人的方法，用魔法吸走他們的靈魂。如果是女人，就叫她當我的僕人；如果是男人，就在他臉上施魔法，把他變成我理想中的長相……沒錯，我這麼厲害，一定可以自己打造屬於我的王子。」

正當白雪公主下定決心的時候，發現有人躲在殿堂的門後。有一個男孩，穿了一身她從來沒有見過的衣服，正專心一致的看著手上的書。

「太好了，」白雪公主偷笑起來，「來得早不如來得巧，雖然你年紀還太小，但十年之後就可以和我結婚了，我願意耐心等待。

來，小弟弟，你過來我這裡。」

白雪公主一招手，男孩的身體就浮到半空中，緩緩飄向白雪公主的寶座。

男孩高聲尖叫，白雪公主則放聲大笑，對他施展魔法。

十年後，白雪公主舉辦了一場盛大的婚禮，新郎是一名年輕男子，長得很英俊，但眼神空洞，就像是行屍走肉。

全劇終。

宗介讀完故事，嚇得臉色發白，冷汗直流，渾身顫抖。

「這個男孩……該不會就是我吧？」

自己為什麼會進入故事裡？而且還變成白雪公主的新郎？開什麼玩笑！這根本是全天下最爛的故事，必須馬上重寫。不對，他要先逃離這裡，逃離這裡之後，再好好思考被偷走了什麼關鍵字。

正當宗介打算逃走時，他感覺到有一隻無形的手把他從門後拉了出來。

「哇啊啊啊！」

宗介還來不及逃走，就被一把抓到白雪公主面前。

近距離觀察白雪公主，才發現她看起來更醜、更邋遢，也更壞心眼。

「這就是我未來的新娘嗎？」宗介心想，這真是太可怕了，差一點昏過去。

白雪公主仔細打量宗介後說：

「雖然你看起來又瘦又小，但十年之後應該會長高，而且我會用魔法改造你的臉，沒有問題……好，就決定是你了。」

白雪公主露出嫵媚的笑容說：

「你應該感到榮幸，因為你可以和絕世美女結婚。」

「我、我不要，我、我才不想結婚！」

「哎喲，你還真是個小孩子，不知道自己有多幸運。到了婚禮那一天，全國的人都會嫉妒你。」

「嫉妒！」這兩個字好像雷鳴般打中了宗介的腦袋。

宗介想起自己小時候就是看了〈白雪公主〉的故事，才學會「嫉妒」這個詞。以前看《白雪公主》的繪本時，他曾經很納悶的詢問媽媽：

「媽媽，魔鏡只是說白雪公主比較漂亮，皇后為什麼就要殺白雪公主呢？她為什麼這麼生氣？」

「因為皇后嫉妒比自己更漂亮的女人。」

「嫉妒？」

「就是看不慣別人勝過自己的心情。皇后覺得世界上不可能有人比她更漂亮，所以很嫉妒白雪公主，也無法原諒白雪公主。」

「原來是這樣，嫉妒太可怕了，真希望皇后不是嫉妒，而是覺得白雪公主很可愛。」

宗介當時是發自內心這麼想。

沒想到，眼前的故事發展居然實現了他小時候的願望。

在這個世界，皇后非但沒有嫉妒白雪公主，反而將她視如己出、加倍疼愛，還把黑魔法傳授給她，所以白雪公主才會變得這麼可怕。

嫉妒。沒錯，就是嫉妒。這個故事中少了嫉妒。唉，如果他的手可以稍微活動，就能立刻在書上寫下「皇后的嫉妒」這幾個字。

但是宗介的身體被肉眼看不見的手緊緊抓住，連一根手指都無法動彈。即使有辦法活動，他也做不了任何事。因為剛才被抓住時，宗介手上的書也掉了。

宗介抽抽噎噎的哭了起來，渾身發抖。白雪公主把白嫩嫩的手伸到他面前，但是她的指尖是黑色的，黑紫色的水滴從她指尖滴了下來，在半空中改變了形狀，變成一顆大蘋果。

白雪公主拿起蘋果，輕聲細語的對他說：

「乖孩子，趕快吃蘋果。」

宗介整個人向後仰，想要遠離蘋果。

一旦吃下蘋果，宗介的靈魂就會被吸乾。他不希望自己的靈魂被白雪公主吸乾。

「你怎麼了？這顆蘋果很甜、很好吃，你趕快吃啊。」

「不要不要不要！救命啊！」

「你這個孩子吵死了……不過我原諒你，因為你很快就無法叫出聲音了。來，吃吧，趕快吃吧。」

白雪公主把蘋果塞進宗介嘴裡，但他咬緊牙關拚命抵抗。

絕對、絕對不能吃。那顆蘋果要是吃了，真的會小命不保。

但是，公主仍然用力把蘋果往宗介的嘴裡塞，他的嘴巴和鼻子都被堵住，頓時無法呼吸。

宗介終於忍不住，差一點張開嘴巴。

就在這時，白雪公主突然呵呵呵的笑了起來。她笑到渾身顫抖，就連蘋果也從她手上掉落下來。

宗介驚訝得瞪大眼睛，這才看到了威廉·格林。原來威廉·格林繞到白雪公主肥大身軀的後方，正在搔她的癢。

威廉．格林終於出現了，感到安心的宗介差點流下眼淚。這下終於得救了，威廉應該可以輕鬆打敗白雪公主。

「太好了！」宗介大叫著，「威廉，你要打敗她！」

「我沒辦法！」

「什麼？」

「故事守護者不能傷害故事中的人物！」

「這是怎麼回事啊？你真是太沒用了！」

「你真沒禮貌！我不是救了你一命嗎？而且……我雖然不能傷害她，但可以搔她的癢。我正在為你爭取時間，你趕快把答案寫在書上！呃！趕快！」

白雪公主奮力反抗，拳頭不時揮向威廉的下巴和肚子，威廉皺著眉頭發出慘叫。照這樣下去，威廉絕對會被白雪公主打敗。

幸好宗介能夠自由行動了。

他撲向掉在地上的書，急急忙忙把答案寫在書上。他沒有絲毫猶豫，答案一定就是「皇后的嫉妒」。

「怎麼樣？這下總該答對了吧？」

如果答錯了，那就讓威廉去當白雪公主的新郎。宗介一邊想著這件事，一邊目不轉睛的盯著手上的書。

書上發出了光芒，而且這次散發出和之前不一樣的七彩光輝。宗介嚇了一跳，以為自己失敗了，但他很快便放鬆下來，因為七彩光芒很柔和，宛如春天的陽光般充滿溫暖。

這絕對不可能是壞東西，這次一定不會有問題。

宗介緊張的等待七彩光芒慢慢收斂。當光芒消散後，他大大的鬆了一口氣，因為他終於回到世界圖書館的格林世界殿堂。

第5章
格林兄弟
story 5

「終、終於回來了……我得救了。」

宗介感到安心的同時，膝蓋發軟得差點跌坐在地上，但是有人從後方扶住了他。

轉頭一看，才發現威廉．格林正滿面笑容的站在那裡。

「真是害我嚇出一身冷汗，幸好我在千鈞一髮之際及時趕到。」

「你哪有及時趕到？我幾乎要出局了，剛才真的超危險。」

「對不起，因為我遲遲無法掌握桃仙翁的下落，幸好最後還是有找到他，拿到了解救我哥哥的藥……宗介，現在請你把書還給我。」

威廉一臉嚴肅的把手伸了過來，宗介有滿腹牢騷想要數落他，但是一看到威廉的臉，他就說不出話來，只能默默把書遞給對方。

威廉拿出一個像是香水瓶的小瓶子，裡面裝了閃亮亮的櫻花色液體。他小心翼翼的在封面上方傾倒小瓶子，一滴液體滴在皮革書封上。

「滴答。」液體落在書上的聲音比想像中更大聲，書封上面突然出現了剛才沒有的金色文字。

雅各布·格林

宗介看到那幾個字之後，書本突然發出光芒，一個男人出現在他眼前。那個男人身上穿著和威廉相似的衣服，但個子比較矮，體格比較壯碩，雖然臉看起來比威廉嚴肅，但兩人都有一雙藍色眼睛，一眼就能看出他們是兄弟。

男人轉動肩膀，發出了喀喀的聲音，嘆了一口氣說：

「呼！終於得救了，我還以為會一輩子被封印在書裡呢！」

「哥哥，我也緊張死了。你的身體還好嗎？有沒有什麼不舒服的地方？」

威廉擔心的問，他的哥哥雅各布笑了笑說：

「別擔心，多虧有這位小英雄的幫忙。」

雅各布說完，轉頭看向宗介，用力握住了他的手。

「你的確幫了很大的忙，謝謝你，一切都是你的功勞。如果我一直被封印在書裡，那本書遲早會被腐蝕，我也會跟著溶化。」

「呃、呃、這……」

「哈哈哈，你不必這麼驚訝，我一直在書裡看著你的活躍表現。老實說，我原本並不指望你有辦法做到，好幾次都替你捏了一把冷汗……但是你成功了，你真的很厲害。你有超強的想像力，也很機靈，搞不好是天才。」

宗介長這麼大，還是第一次被人這麼稱讚，他害羞得臉紅到了耳根。他不知道該如何回應，好不容易才小聲擠出一句：「看、看到你獲救，真是太好了。」

「哥哥，到底發生了什麼事？你向來很小心謹慎，竟然會被封印在書裡，這一百年來，從來沒有發生過這種事。魔王格啦E夢到底用了什麼招數？」威廉問雅各布。

「嗯，關於這件事……這次魔王不只有一個人，還多一個幫手。」

「幫手？」

威廉不可置信的瞪大眼睛，愁容滿面的雅各布點了點頭說：

「她看起來像是一個小女孩，而且哭著說自己從故事裡溜了出來，想回到原來的世界……因為她戴著紅色帽子，我還以為她是小紅帽。」

「但其實不是嗎？」

「對，我拿出這本書，想讓她回到〈小紅帽〉的故事中，沒想到她卻露出奸笑，把金粉撒在我身上，我立刻就失去了力量，被封印在書裡。我在昏昏沉沉的時候，隱約聽到那個女孩呼喚魔王格啦E夢的聲音……我真的太大意了。」

「哥哥，你向來都很喜歡小孩子。」

「你不是也一樣嗎？總之，目前還不知道那個女孩的真實身分，所以我們以後要更加小心。」

「我知道了。話說回來……竟然出現了神祕的幫手，可惡的格啦E夢，這下子越來越難對付了。哥哥，我們是不是該把這件事告訴伊索先生和吳先生？」

「好，等一下就去通知其他故事守護者。」

格林兄弟小聲交談著，宗介忍不住向他們開口詢問，因為他覺得現在可以提出他內心一直很好奇的問題。

「我想請教你們一件事，魔王格啦E夢偷走故事的關鍵字，到底有什麼目的？」

「目的之一就是關鍵字是他最愛吃的東西。」

「最愛吃的東西？」

「對，我不是告訴過你，魔王格啦E夢就像蠹魚一樣嗎？這些眾人喜愛、流傳多年的故事，就是他眼中的美味佳餚……但是，其實還有另一個目的。」

威廉說到這裡，雅各布也點頭附和。

「他想讓故事都變得無趣，藉此奪走人類的想像力。只要更多人缺乏想像力，世界上就會發生更多壞事，這樣一來，魔王不就有機可乘了嗎？」

「缺乏想像力會發生很多壞事嗎？」

宗介差點笑出來，覺得這太荒唐了。

但是雅各布和威廉表情嚴肅的說：

「我們並沒有開玩笑。比方說，你會因為想要試試看，就動手打陌生人嗎？」

「我、我才不會做這種事！」

「對，正常人不會做這種事，因為這種行為很惡劣。但是缺乏想像力的人無法了解這件事，無法想像別人挨打會痛，甚至無法想像自己動手打人可能會被抓起來。如果有很多這樣的人，你覺得這個世界會變成什麼模樣？」

宗介理解了威廉想要表達的意思，同時感到不寒而慄。如果到處都是這種人，就會發生很多可怕的事件。

宗介的身體忍不住抖了一下。雅各布對他說：

「而且，因為人類持續想像『如果有這樣的東西就好了』，社會才能持續進步。也就是說，許多偉大的發明都來自想像力。因此，魔王的陰謀詭計真的很危險，搞不好會阻礙人類的進化。」

「嗯……我了解了。」

宗介用力點著頭。

原本以為吃故事的魔王沒什麼了不起，但是聽了格林兄弟說明的情況，宗介終於理解有多麼嚴重了。

魔王格啦E夢到目前為止，到底偷走了多少關鍵字？到底對人類造成了多大的影響？

想到這裡，宗介不由得臉色發白。威廉把手輕輕放在他的肩膀上說：

「不要擔心，我們故事守護者會努力避免這種情況發生。」

「是、是嗎？」

「是啊，雖然這次遭到格啦E夢的暗算，但是我們不會氣餒。即使魔王偷走了關鍵字，我們也一定會修復故事，因為這是我們身為故事守護者的使命。」

威廉調皮的笑了笑說：

「更何況，如果我們忙得分身乏術，還可以找某個有才華的男孩代替我們修復故事。比方說，像你一樣的孩子，下次如果再發生什麼狀況，可以請你幫忙修復故事嗎？」

「我死也不要！」

「別這麼說嘛！修復故事能夠體驗千載難逢的冒險，難道你不覺得很開心嗎？」

「莫名其妙被你們牽扯進來，哪裡開心了？」

宗介反駁後，問了另一件令他感到好奇的事。

「我想問一下……為什麼會挑中我？」

「咦？你很好奇嗎？」

「當然好奇，為什麼要找我修復故事？我並沒有特別喜歡閱讀。」

「你在圖書館的時候，不是想把放錯書架的書，拿回正確的書架上嗎？」

「啊？」

宗介差一點想問，這是什麼意思？但隨即想起來，他在被帶來這裡之前，的確有在圖書館的圖鑑區看到一本《格林童話集》。

「你是說那本《格林童話集》嗎？」

「對啊，如果讓那本書留在原來的地方，你就會很輕鬆，但是你並沒有那麼做。我很欣賞你這一點，你就像圖書管理員一樣，很有責任心。」

原因竟然是這個，宗介聽了差一點昏倒。捲入這麼驚險的事，他很希望自己是因為其他更特別的理由被選中。

宗介感到失望的同時，又提出另一個問題：

「對了，最後〈白雪公主〉的故事有沒有修復完成？」

「當然有啊，你可以親眼確認一下。」

威廉把書交給宗介，但他沒有馬上打開看故事。經過剛才那段短暫而刺激的冒險時光，他變得十分小心謹慎。

「我不會又被吸進故事裡吧？」

「別擔心，已經修復的故事沒有可以闖入的漏洞。」

宗介再次仔細打量那本書。封面上的黑色範圍已經徹底消失，恢復成漂亮的焦糖色。

自己犯的兩次錯抵消了，讓宗介鬆了一口氣，終於放心翻開書本確認結局。

書上寫著〈白雪公主〉的故事。白雪公主太美了，所以壞皇后很嫉妒她，差一點把她害死。白雪公主死裡逃生，來到森林深處，遇到了七個小矮人，開始和小矮人一起生活。

但是壞皇后沒有放過白雪公主，最後成功讓她吃下了毒蘋果。

白雪公主中毒後陷入昏迷，但是在王子的親吻下，她終於醒了

過來。

最後，白雪公主和王子結了婚，從此過著幸福快樂的生活。

宗介看到用這句經典旁白當作結尾的故事，不由得發自內心露出了笑容。

這才是宗介記憶中的故事，插畫中的白雪公主不再是那個令人毛骨悚然的樣子，而是漂亮的公主。

宗介在書裡完全找不到〈石頭湯〉的故事，這個故事一定是回到原本的書上了。也就是說，〈石頭湯〉也修復完成了。

「太好了！」

宗介抬起頭想把書還給威廉，卻差一點叫出聲來。格林兄弟不知道在什麼時候消失了，世界圖書館也消失了，宗介正站在住家附近圖書館的圖鑑區前。

終於回到了自己原本的世界。

宗介看向牆上的時鐘，忍不住有點驚訝。他經歷了一趟漫長的冒險，實際上卻沒有經過太長的時間，簡直就像是做了一場夢。

他手上的書變成了《格林童話集》，完全沒有任何東西可以證明宗介見到了格林兄弟，以及自己穿越進了故事集的世界裡。

這一切果然是夢嗎？

「不，有證據。」

宗介小聲嘀咕著，注視著《格林童話集》。

沒錯，只要看這本書就知道了。〈糖果屋〉、〈長髮公主〉，還有〈白雪公主〉……只要這些故事恢復了原狀，就能證明是宗介修復了故事。

而且，這本書裡還有很多其他的故事，像是〈小紅帽〉、〈灰姑娘〉、〈布萊梅城市樂隊〉、〈狼和七隻小羊〉……等等。

宗介想確認這些故事有沒有異常，雖然停留的時間很短暫，但是他也一度成為了格林世界的故事守護者。

於是，宗介拿著《格林童話集》走向櫃臺，準備把書借回家。

尾聲

魔王格啦E夢緩緩吃下最後一口食物，接著用餐巾擦了擦嘴，心滿意足的嘆了一口氣。

「嗯，今天的晚餐很豐盛，有漢賽爾與葛麗特的手足之情麵包、長髮公主女巫的壞心眼風味沙拉，還有石頭湯和嫉妒毒蘋果派，真是太美味可口了，好久沒有這樣大快朵頤了。」

格啦E夢說完這句話，看向坐在桌子對面的人。

「這都是拜你所賜，謝謝你。」

「不不不，你太客氣了。」

一名年紀大約十歲的少女搖了搖可愛的小手。她皮膚白皙，有一頭蓬鬆的鬈髮，五官也很漂亮，身上穿著一件鑲滿蕾絲的洋裝，看起來就像是法國的洋娃娃。

但是她的眼神狡詐，而且充滿惡意。

「雖然我是第一次破壞故事，但試過之後覺得開心得不得了，真是太令人驚訝了！如果有機會，下次我還想幫你的忙。」

少女抬眼看著魔王，魔王笑著點了點頭說：

「一言為定，因為我整天都覺得肚子餓。」

「我欣然接受邀約。接下來要向哪個故事下手呢？格啦E夢大王？」

「嗯，我好久沒吃阿拉伯料理了。」

「所以要對伯頓爵士守護的『天方夜譚』世界動手嗎？」

「沒錯，伯頓爵士是聰明又頑強的探險家，他恐怕不會像雅各布·格林那樣輕易落入圈套……但是現在有你這麼強大的幫手——

惡名昭彰的天邪鬼願意助我一臂之力，那簡直是如虎添翼。」

少女聽了格啦E夢的話，皺起眉頭。

「格啦E夢大王，希望你不要叫我天邪鬼。」

「你不喜歡這個名字嗎？」

「對啊，因為聽起來一點都不可愛。」

「那我要怎麼稱呼你呢？」

「你可以叫我亞美諾。」

天邪鬼亞美諾說完這句話，對著格啦E夢嫣然一笑。

天邪鬼的喃喃自語

我是天邪鬼。

現在的小孩子即使聽到「天邪鬼」這個名字，可能也不知道我是誰。在古老的民間故事中，我被視為心地很壞的女神，在其他故事裡，則被當成妖怪和惡鬼。

無論是女神還是惡鬼，「天邪鬼做的所有事都很叛逆」，所以大家都會說那些愛和別人唱反調，違逆他人言行想法，性格彆扭的人是「天邪鬼」。

嗯，人們並沒有說錯，我知道自己個性很差，但是我完全不認為這有什麼問題。

我在故事中當壞蛋已經很有經驗了。我的年紀當然不小，但是我真正的年齡是祕密，因為一旦說出來，不就很無趣嗎？

雖然我經常用不同的名字和外形出現，但這一陣子我很中意目前的小女孩外形，也為自己取了「亞美諾」這個名字。因為亞美諾這個名字聽起來比天邪鬼更時尚，而且也更符合我現在的外形。

哎呀，我離題了。總之，我也算是小有名氣，在所有我出現的故事中，最有名的就是〈瓜子姬〉。

這個故事本身很稀鬆平常，和桃太郎一樣，從一個很大的瓜裡誕生了一個女嬰，一對沒有孩子的老夫妻把她養育成人，為她取名為瓜子姬。哼，完全沒有任何趣味。

但是，瓜子姬長得還不錯，一位有錢的老爺愛上了她，於是他們準備結婚，這件事讓我很不爽。

我雖然不喜歡那個老爺，但是你們不覺得從瓜裡蹦出來的奇怪女人，竟然比我過得更幸福，這件事非常令人不爽嗎？

所以我就冒充瓜子姬去和老爺結婚，然後稍微教訓了一下瓜子姬，畢竟這也是無可奈何的事。

只不過這件事最後還是被人發現了，而且把瓜子姬撫養長大的那對老夫妻氣炸了，兩個人一起痛打了我一頓。你們不覺得這樣太過分了嗎？

總之，這就是〈瓜子姬〉的故事。在瓜子姬的故事中，並沒有提到天邪鬼後來怎麼樣了，只是用「天邪鬼被痛打了一頓，受到報應，可喜可賀。」當作結尾，簡直欺人太甚！

照理說，應該在最後安排「天邪鬼順利反擊，之後隨心所欲的操控老爺，過著幸福快樂的生活。」之類的結局，這樣才完美啊。

之所以沒辦法有這樣的完美結局，都是因為「瓜子姬」管理了世界圖書館，只要「瓜子姬」在世界圖書館一天，我就必須忍受這種屈辱和不自由。

冰雪聰明的我發現了這件事，怎麼樣？我真的很聰明吧？

所以，我決定和世界圖書館的天敵——魔王格啦E夢聯手。至於未來的發展，呵呵呵，真是太令人期待了。

如果人們以為所有故事都是正義戰勝邪惡，那就大錯特錯了！

亞美諾總結的格林童話

接下來，我要稍微介紹一下這部《格林童話集》，因為可能有人還不知道這本書。只不過，我要用自己的方式來介紹。

首先是〈糖果屋〉，這個故事實在太扯了！

漢賽爾與葛麗特這對兄妹被父母遺棄，在森林裡迷了路，最後來到女巫的糖果屋。女巫會吃人，但有點呆頭呆腦，原本要吃掉漢賽爾，結果自己被燒死了。

那對兄妹逃出魔爪後，從女巫家拿走所有值錢的東西，回到了自己的家。

故事就這樣完美落幕了，但是這對兄妹竟然回到遺棄自己的父母身邊，他們是腦袋進水了嗎？

再來是〈長髮公主〉。長髮公主在女巫的養育下長大，被關在高塔上。高塔沒有門，女巫只能把長髮公主的長髮當成繩子來攀爬，藉此出入高塔。

但是某一天，當女巫順著長髮公主的長髮爬上高塔時，剛好被路過的王子看到了。王子好奇的爬上高塔，遇見了長髮公主。得知公主和王子相愛後，女巫氣得七竅生煙，把長髮公主趕出高塔。

最後，長髮公主被王子拯救，兩個人都得到了幸福……但是我很不滿，為什麼女巫後來就沒消沒息了？我真想知道女巫把長髮公主趕走之後，過著怎樣的生活。

最後是〈白雪公主〉。皇后覺得自己是天下第一美女，但是聽說白雪公主比她漂亮後氣壞了，決定殺害公主。

白雪公主逃到七個小矮人家裡，皇后還是沒有放過她，讓她吃下了毒蘋果。結果白雪公主很幸運的甦醒過來，還和王子結了婚。說實話，七個小矮人為白雪公主盡心盡力，幫了她很多忙，她應該和其中一個小矮人結婚才對，而且七個小矮人可以隨她自由挑選。

話說回來，這只是我天邪鬼的解讀，你們可以自己去讀讀看《格林童話集》，然後用自己的方法解讀，因為要如何解讀故事，是讀者的自由。

推薦文

走進驚奇圖書館，陪伴孩子長出最珍貴的創造力

◎文／胡展誥　諮商心理師

小時候，你也是一個喜歡閱讀故事的人嗎？

你是否曾經在翻開故事書、閱讀文字的同時，感覺到自己好像一腳踏進了故事裡的某一座古宅、身在某幾個場景，甚至覺得故事裡的人物活靈活現在你身邊徘徊？有時候入迷到就連爸媽好幾次叫你吃飯，你都還難以從故事當中抽離出來。

如果是的話，那你應該會很羨慕《穿越驚奇圖書館》的主角宗介，因為他竟然在無意間被享譽世界的童話故事大師格林兄弟網羅，穿越現實，進入了許多大家耳熟能詳的童話故事裡。更令人驚訝的是，原來在那個世界裡，童話故事的版本與你我讀到的其實都不一樣……一場場驚心動魄的冒險於焉展開。

故事，是陪伴孩子社會化的教練課

我在演講時經常邀請父母思考，他們最希望孩子未來可以長出什麼能力？

許多爸爸媽媽都回答：擁有問題解決、明辨是非的能力。

這是一個非常重要，也非常仰賴社會經驗才能培養的能力。可是我們又希望孩子可以乖乖念書，成長在一個相對單純的環境。那麼，到底要怎麼培養這樣的能力呢？真是傷腦筋呀！

其實，故事裡的主角宗介就是陪伴孩子學習最好的夥伴。他在故事當中歷經了許多不可思議的冒險，從這個角度來看，他其實正在帶領孩子藉由故事的豐富情節，展開身歷其境的替代性學習。

孩子開始發現：原來世界並不總是美好，也存在某些「惡」，但這些惡的背後其實也有不為人知的無奈或渴望。孩子也會在閱讀過程中逐漸培養同理心，知道什麼樣的行動會為人帶來幸福；某些全然以自我為中心的行為不僅不受歡迎，也可能讓別人受苦。

冒險故事還能帶來一種很珍貴的學習：讓孩子擁有負責任的態度──他必須仰賴自己、負責任的去面對眼前難題，才可能解開謎題、完成任務，重新回到原本的生活。

在驚奇圖書館中，長出珍貴的創造力

對大人而言，書是汲取知識、改變生活很重要的媒介。對孩子而言，書是引發想像、提升創造力的最佳工具。

一千個人觀看同一部電影，看見的城堡就只有一種樣貌。一千個人閱讀同一本小說，卻能在心裡蓋出一千座不同的城堡。這就是想像與創造的驚人威力！走進驚奇圖書館，藉由緊湊又精采的冒險之旅，陪伴孩子一起撐出想像與創造的無限空間！

作者｜廣嶋玲子
繪者｜江口夏實
譯者｜王蘊潔

責任編輯｜江乃欣、李寧紜
特約編輯｜葉依慈
封面及版型設計｜蕭雅慧、蕭華
電腦排版｜中原造像股份有限公司
行銷企劃｜葉怡伶、林思妤

天下雜誌創辦人｜殷允芃
董事長兼執行長｜何琦瑜
媒體暨產品事業群
總經理｜游玉雪
副總經理｜林彥傑
總編輯｜林欣靜
行銷總監｜林育菁
副總監｜李幼婷
版權主任｜何晨瑋、黃微真

出版者｜親子天下股份有限公司
地址｜臺北市104建國北路一段96號4樓
電話｜（02）2509-2800　傳真｜（02）2509-2462
網址｜www.parenting.com.tw
讀者服務專線｜（02）2662-0332　週一～週五：09:00~17:30
讀者服務傳真｜（02）2662-6048　客服信箱｜parenting@ cw.com.tw
法律顧問｜台英國際商務法律事務所・羅明通律師
製版印刷｜中原造像股份有限公司
總經銷｜大和圖書有限公司　電話：（02）8990-2588

出版日期｜2024年5月第一版第一次印行
定　　價｜350元
書　　號｜BKKCJ113P
I S B N｜978-626-305-713-5（平裝）

訂購服務
親子天下 Shopping｜shopping.parenting.com.tw
海外・大量訂購｜parenting@ cw.com.tw
書香花園｜臺北市建國北路二段6巷11號　電話（02）2506-1635
劃撥帳號｜50331356 親子天下股份有限公司

國家圖書館出版品預行編目資料

穿越驚奇圖書館. 1, 被封印的格林兄弟 / 廣嶋玲子作 ; 王蘊潔譯. -- 第一版. -- 臺北市 : 親子天下股份有限公司, 2024.05
184面； 17x21公分. -- (樂讀456 ; 113)

ISBN 978-626-305-713-5(平裝)

861.596　　113001605